Ernst Hentges
Die Magie des Krötenzaubers

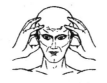

Esoterischer Verlag

1. Auflage November 2000

© Copyright:
Esoterischer Verlag Paul Hartmann
In der Hainlache 26 – D-68642 Bürstadt
Tel. 06245/7516 - Fax 06245/8489
E-Mail: wicca-magic@t-online.de

Alle Rechte, auch die des auszugsweisen Nachdrucks, der fotomechanischen Wiedergabe und der Übersetzung vorbehalten.

Druck und Herstellung:
Druckerei Top-Offset GmbH, Frankfurt

ISBN 3-932928-11-3

Vorwort des Herausgebers

Die Magie des Krötenzaubers hat die Menschen in ihren Praktiken der weißen und vornehmlich schwarzen Magie seit Jahrhunderten fasziniert und zu immer neuen Praktiken angestachelt. Die schauderhaften Rituale und Zauber der schwarzen Magie, bei denen Kröten, Knochen von Toten, Fledermausblut und dergleichen mehr zur Beeinflussung oder gar Tötung eines Opfers angewandt wurden, waren nicht nur im Mittelalter verbreitet, sondern wurden auch noch bis ins 19. und 20. Jahrhundert ausgeübt.

Das in der magischen Literatur einzigartige Buch des Autors Hentges über die Kröte als Zaubermittel unter okkultistisch-kulturgeschichtlicher Betrachtung ist die wohl umfassendste Arbeit auf diesem Gebiet. Diese aus dem Jahre 1918 stammende interessante Werk ist heute äußerst selten geworden und auch in den einschlägigen Antiquariaten schon seit Jahrzehnten nicht mehr erhältlich. Wir freuen uns dieses wichtige Buch neu auflegen und einem kleinen Kreis okkulter Forscher wieder zugänglich machen zu können.

Die Kröte als Zaubermittel

Kein Tier hat in der Zauberei und im Aberglauben eine so große und vielgestaltige Rolle gespielt wie die Kröte. Sie war dazu prädestiniert infolge ihrer unförmigen, häßlichen Gestalt. Der Gebrauch der Kröte zu zauberischen Zwecken ist in psychologischer Beziehung leicht verständlich. Ein widerwärtiges, abstoßendes Äußeres ist die Signatur einer niederen, boshaften Seele. Noch nach der heutigen Auffassung, wie auch im Empfinden der Geschlechter vergangener Jahrhunderte, ist den Hexen und Hexenmeistern ein fratzenhaftes Gesicht und eine widerwärtige Gestalt zu eigen.[1] Ich ignoriere nicht, daß zuweilen auch junge, bildhübsche Mädchen als Hexen verbrannt worden sind. Neben der gewaltigen Zahl durchaus unschuldiger Opfer der Inquisition gab es aber auch solche die tatsächlich zauberische Handlungen zur Schädigung der Nächsten vorgenommen haben, wie dies in unseren Tagen auch noch vorkommen kann. Diese letztere Gattung ist hier gemeint. Kein Okkultist wird behaupten wollen, daß auf dem Scheiterhaufen nur unschuldige und hysterische starben; eine Ansicht, welche neueren Geschichtsschreibern sehr beliebt ist. Valerio und Loyseau erwähnen ein Edikt aus dem Mittelalter, welches vorschreibt: „daß in jenen Fällen, wo gleichzeitig Verdacht auf zwei Individuen lastet man zuerst den häßlicheren auf die Folterbank spannen soll".[2] In der Ausgabe von 1762 des „Manuel des Inquisiteurs", dessen Verfasser der Großinquisitor Nikolaus Eymericus (1320-1399) war, heißt es im

XIV. Kapitel: „Im allgemeinen kann man die Teufelsbeschwörer ziemlich leicht an ihrem schrecklichen Aussehen erkennen, das von den häufigen Unterhaltungen mit dem Teufel herrührt." Tiefstehende, unentwickelte Seelen deren schändliche Leidenschaften sich in Handlungen der schwarzen Magie auszuwirken suchten, brauchten zum Übermittler ihrer unheilstiftenden Vorstellungen und Begierden ein Geschöpf, das ihnen wesensgleich war, da ein Leben führt ebenso lichtscheu wie das ihrige, dessen Gestalt ebenso abstoßend und ekelerregend ist wie ihre von den schändlichsten Trieben verzerrten Körper. Der Theosoph Dr. Grävell deutet diesen physiognomischen Konnex folgendermaßen: „Es ist klar, daß, wenn in der Äthermasse des Körpers, d.h. in dem dem physichen Körper zugrundeliegenden Modell etwas von der Äthermasse eines bestimmten Tieres ist, diese Materie auf den Geist des Menschen einen gewissen Einfluß ausüben muß. Das wäre also eine Art Umsessenheit"[3)]

Da die Hexen durch übersinnliche Kräfte mit Hilfe außerirdischer Wesen, wie Elementargeistern und Dämonen, ja selbst mit Beistand des Herrn der Finsternis, dem leibhaftigen Teufel, anderen Menschen an Leib und Gut zu schaden glaubten und dies in peinlicher Frage auch des öftern bekannten, so verbreitete sich bald die Vorstellung, daß der Teufel die Gestalt einer Kröte annehmen würde, weil gewöhnlich die Hexen stets einige Kröten zum Zwecke ihrer magischen Operationen bei sich hatten. Schon in früherer

Zeit hatte man den Dämonen Tiergestalten beigelegt. Spuren dieses Glaubens finden sich u.a. bereits bei Jamblichus und Basilius d.h. In der „Salamankischen Pneumatologia Occulta et vera"[4] heißt es: „Dahero ist also zu wissen, daß es ermeldete dienstbare Geister manches mal in Gestalt eines Drachens, Bährens, Krottens oder Rabens erscheinen..." Im Geiste jener düsteren Zeit der Hexenprozesse, wo die Phantastereien wahnwitziger Theologen, Satan, dem Affen Gottes, eine beinahe größere Gewalt auf Erden zuerkannten als dem Allmächtigen selbst und wo unter dem Einfluß krankhafter Hirngespinste man dieses Wirken überall wähnte[5] war der Fürst der Finsternis und des Bösen nicht anders vorstellbar als in Gestalt eines abscheuerregenden, unförmlichen, kriechenden Tieres – der Kröte, da dieses Stiefkind der Natur der Anschauung des Volkes am vertrautesten und der Inbegriff des Ekels und Abscheus war.[6] In den südlicheren Ländern tritt vorzugsweise die Schlange an Stelle der Kröte. Man erinnere sich nur der verschiedenen diesbezüglichen Bibelstellen. Am meisten hat Konrad von Marburg[7] zur Verallgemeinerung dieses Glaubens beigetragen, indem er durch Feuerprobe und Tortur die abgöttische Verehrung Satans in Krötengestalt zur gerichtlich festgelegten Tatsache stempelte.

Als Anfangs des 13. Jahrhunderts die Bewohner des Gaues Steding, ein freiheitsliebender, trotziger Menschenschlag, dem Erzbischof von Bremen den Zehnten verweigerten und die mit der Einziehung desselben beauftragten Geistlichen mißhandelten, erwirkte dieser Prälat vom Papst Gregor IX. die Erlaubnis, das Kreuz gegen die widerspenstigen Stedinger zu predigen, indem er dieselben als arge Ketzer, Zauberer und Teufeldiener hinstellte. In der Bulle[8] Gregors IX. vom 13. Juni 1233 „Vox in Roma", durch welche die Bischöfe von Paderborn, Hildesheim, Verden, Münster und Osnabrück zum Kreuzzug gegen die Stedinger aufgefordert wurden und die vom Großinquisitor Konrad von Marburg[9] inspiriert war, heißt es: „Wenn ein Neuling aufgenommen wird und zuerst in der Schule der Verworfenen eintritt, so erscheint ihm eine Art Frosch, den manche auch Kröte nennen. Einige geben demselben einen schmachwürdigen Kuß auf den Hintern, andere auf das Maul... Dieses Tier erscheint in gehöriger Größe, manchmal auch so groß wie eine Gans oder Ente, meistens jedoch nimmt es die Größe eines Backofens an.[10] So heißt es denn auch in einem Schreiben des Erzbischofs von Mainz an den Papst aus dem Jahre 1233 bezüglich der als Zauberer und Ketzer verfolgten und verbannten Katharer: „Der Angeklagte wurde zum Geständnis gezwungen, daß er ein Ketzer sei, die Kröte, den schwarzen Mann oder sonst ein Untier geküßt habe..."[11]

Bei der im Jahre 1610 im Ursulinerkloster zu Marseille ausgebrochenen Besessenheitsepidemie wurde Louis Gaufridy, Beneficiatpriester an der Kirche des Accoules in Marseille, der als Beichtvater besonders beim weiblichen Geschlecht sehr beliebt war, von der Nonne Magdalena de la Palud angeklagt, er habe sie verführt, zum Sabbat mitgenommen und zum Abfall von Gott bewogen; als sie aber reumütig ins Kloster gegangen, habe er ihr und den übrigen Ordensschwestern Plageteufel zugesandt. Die Sache kam vor das Parlament Aix, wo Magdalena de la Palud eine umständliche Schilderung ihrer Halluzinationen abgab. Unterm Datum vom 13. Dezember 1610 ist in den Prozeßakten zu lesen: "Und der Teufel sprang in Gestalt einer Kröte der la Palud an die Gurgel und hätte sie erwürgt..." Und am 31. Januar 1611 heißt es weiter: „Der Teufel nahm die Gestalt einer Kröte an, faßte Magdalena ein zweites Mal am Hals und zeigt ihr solch schändliche Sachen, daß sie gezwungen war, die Augen abzuwenden."[12]

Pierre de Lancre Ratsherr des Parlamentes von Bordeaux, ein fürchterlicher Fachmann auf dem Gebiet der Hexenprozesse, sagte in seinem 1613 erschienenen „Traite de l'ncredultite des Magiciens et Sorciers", „daß die großen Hexen ebenfalls von einem Dämon begleitet sind, der stets in Gestalt einer Kröte mit zwei kleinen Hörnern auf ihrer linken Schulter hockt, aber nur für jene sichtbar ist, die entweder Hexen sind oder es ehemals waren."[13] Auf dem Sabbat bestand nämlich die Sitte, daß der Teufel bei der Aufnahmezeremonie einer neuen Hexe dem Paten eine für den Neuling bestimmte Kröte übergab.

Wie es heutigen Tags noch in der Verbrecherwelt üblich ist, daß Dirnen sich mit Namen und Bild ihrer Liebhaber tätowieren, so hatte auch der Teufel als galanter Liebhaber die

Gewohnheit, seinen neuen Verehrerinnen sein Bild in Figur einer Kröte mit einem Goldstück oder mit seinem Horn in den linken Augenstern zu zeichnen. An anderer Stelle sagt de Lancre ferner: „Ich glaube, daß das Zeichen, das Satan seinen Getreuen aufdrückt, von großer Bedeutung für die Beurteilung der Zauberei ist... Die Herren des hohen Gerichtshofes ließen mich manchmal rufen, und noch öfter taten dies die Herren von La Tournelle, um meine Ansicht inbetreff verschiedener Fragen der Zauberei zu hören, in welchen ich einige Erfahrung oder Beweise durch unsere Gerichtsverhandlungen besaß. Am 9. Dezember 1610 ließen sie mich rufen, damit ich das Teufelsmal an einem 17 jährigen Mädchen feststellte. Ich erkannte dasselbe, sobald ich das Zimmer betrat, und sagte, es befindet sich am linken Auge. Man schaute hin und konnte einen Flecken bemerken, der dem Fuß einer Kröte zu vergleichen war. Daraufhin gestand das junge Mädchen, ihre Mutter habe sie zum Sabbat mitgenommen und Gott abschwören lassen, worauf Satan sie mit seinem Horn am linken Auge gezeichnet habe." [14] In einem weiteren Buche de Lancre's betitelt „De L'Incredulite et mescreance du sortilege" (S. 37) heißt es: „In Biarritz haben alle Hexen im Auge ein Zeichen in Gestalt einer Katzenpfote oder eines Krötenfußes."

Es sei an dieser Stelle darauf hingewiesen, daß der bekannte psychische Forscher Dr. J. Maxwell neuerdings die Beobachtung machte. Daß viele Medien[15], besonders solche, die physikalische Phänomene bieten, gewisse Flecken auf der Iris des linken Auges aufweisen, ähnlich wie das berüchtigte stigma diabolicum. Wenn solche Personen auch nicht immer eigentliche mediumistische Fähigkeiten besitzen, so haben sie häufig Wahrträume und ein starkes Ahnungsvermögen.[16]

Jean Bodin (1530 – 1596), der Günstling Heinrich III., eine andere Autorität in Sachen des Hexenwesens, berichtet in seiner „Demonomanie des Sorciers", daß „bei einer Hexe zu Compiegne zwei von einem Priester getaufte Kröten vorgefunden wurden, die sie zu ihren Zaubereien gebrauchte; was lächerlich wäre, wenn man nicht alltäglich ähnliche Sachen erleben könnte". An anderer Stelle sagt er: Und als Meister Jean Martin, Amtshauptmann von Laon, die Hexe von Saint-Preuve zum Feuertod verurteilt hatte und sie auskleiden ließ, fand man in ihren Taschen zwei dicke Kröten."[17]

In den Schriften vieler mittelalterlicher Astrologen, so in den Lehren über himmlische Dinge" des Agrippa von Nettesheim,[18] findet sich die Ansicht, daß die Kröten, wie alle langsam kriechenden, nächtlichen, stumpfsinnigen Tiere, dem Saturn, dem bösen Prinzip, unterstellt sind, das, je nach der Religionsform, durch Satan, Ariel, Ahriman usw. personifiziert wurde. Da nach astrologischer Lehre der Saturn ein „kalter" Planet ist, ward entgegen der berechtigten Erwartung, dem aus der brodelnden Hölle kommenden Teufel eine kalte Natur zugeschrieben. Diese überraschende Eigentümlichkeit der Dämonen war schon Psellos bekannt. In den unzähligen

Hexenprozessen der nachfolgenden Jahrhunderte in den verschiedenen Ländern wiederholen sich mit beinahe völliger Einstimmigkeit die Angaben über die kalte Natur des Teufels im geschlechtlichen Verkehr mit Hexen.19) solch traurige Phantastereien von Menschen, die auf der Folter vor der Pein delieren, machten ernste Theologen und die tüchtigsten Juristen der damaligen Zeit zum Gegenstand gelehrter Diskussionen und Traktate!

Recht auffällig ist in der in Frage kommenden Literatur, dem Spiegelbild der damaligen Zeit, die immerwiederkehrende Inkonsequenz, wonach einmal die Kröte als Verkörperung des Teufels ist und das andere Mal bloß als dessen Lieblingstier angesehen wird. Am augenfälligsten tritt dieser Widerspruch hervor in den phantastischen und obszönen Schilderungen der vom Teufel in eigener Person präsidierten Zusammenkünfte der Hexen, wobei letztere in der Regel von ihren Kröten begleitet wurden.

Zu diesen periodischen Hexenversammlungen wurden die Kröten festlich gekleidet. Der Sachverständige de Lancre, der die Hexenprozesse in Theorie und Praxis kultivierte, weiß uns hierüber nähere Angaben zu machen. In seinem Buch „Tableau de l'Inconstance des mauvais Anges et Demons"[20] heißt es (Seite 210): „Johann d'Abadie von Sibero sagte in peinlicher Frage ferner aus, sie habe die Frau von Martia Balfarena auf dem Sabbath mit vier Krötten tantzen sehen. Eine mit schwartzem Sammet bekleidet und mit güldenen Schellen an den Füßen hab' sie auf der linken und die andere ohne Schellen auf der rechten Achsel getragen."[21]) Um den Kröten die nötige Zauberkraft zu verleihen, werden sie unter Nachäffen des kirchlichen Zeremoniells auf dem Sabbat getauft. Hierüber berichtet de Lancre (Seite 133): „Auff dem Sabbath tauffet man auch Krötten, welche in rothem und schwartzem Sammet statios gekleidet seynd, und am Hals und Füßen Schellein haben, der Gevatter hält sie beym Kopff, die Gevatterin aber bey den Füßen."[21]) Der gute Abbe Collin de Plancy weiß diese Parodie der katholischen Taufzeremonie etwas ausführlicher zu schildern:[22]) Man sagt, daß die Hexen auf dem Sabbath kleine Kinder und Kröten taufen. Die Kröten sind mit rotem Samt bekleidet, die kleinen Kinder mit schwarzem. Zu dieser höllischen Handlung uriniert der Teufel in ein Loch; mit einem schwarzen Weihwedel besprengt man, alsdann den Kopf der Kröte oder der Kindes mit dieser ekelhaften Flüssigkeit, indem man das Zeichen des Kreuzer in verkehrter Weise mit der linken Hand macht und dazu die Worte spricht: „In nomine patrica, matrica, aragnaco petrica agora, agora Valentia." Collin de Plancy berichtet weiter, daß Jeanne d'Abadie und andere mitgeteilt haben, daß die Kröten auf den Kirchhöfen von Saint-Jean-de-Lus und Siboro taufen gesehen hätten.

Auf dem Sabbat mußten die Hexen dem Teufel Rechenschaft ablegen von ihrem Treiben unter den Menschen. Dabei kommen die Kröten auch zu Wort und bisweilen „verklagen nach ihrer Aussage auch ihre Herren und Frawen beim Teuf-fel, daß sie nicht wohl gehalten." (de Lancre. S. 392.)[21]

War der geschäftliche Teil des Sabbats erledigt, so kam die Fidulität zu ihrem Recht. Es wurde geschmaust, musiziert und getanzt. Jüngere Hexen mußten hierbei allerlei niedere Dienste verrichten und Kröten hüten usw. Das Menü dieser Festessen ist uns ebenfalls erhalten geblieben. „Einige lobten die gute Bewirtung, aber die Mehrzahl der Hexen gibt an, daß dort Kröten und Aas auf so sonderbaren Platten aufgetragen werden, daß es unmöglich ist, eine genaue Beschreibung davon zu geben." (Trinum magic. 37. 38). Dann kommt der Tanz. „Bissweilen so gehen die Krötten vor die Hexen auch auff dem Sabbath her, und tantzen auf tausenderley lustige Manier." Auch tanzen die Hexen im Reigen mit ihnen. Darauf folgt das bekannte Sabbattreiben, Teufelsbuhlschaft, Sodomie usw., das in den Akten der Hexenprozesse mit krasser Ausführlichkeit geschildert wird.

Wenn man diese Prozeßakten durchliest, so fällt einem bald die weitgehende Übereinstimmung in den Aussagen der in peinlicher Frage verhörten Hexen betreffs des Sabbatbesuches auf. Dieses mag zum Teil daher rühren, daß durch die Fragestellung der Inquisitoren der in der Folter liegenden Inkulpatin die Antwort suggeriert[23] wurde, teils weil das Volk in diesen phantastischen Vorstellungen vom Predigtstuhl aus unterhalten wurde,[24] zum weitaus größten Teil jedoch wird diese Einstimmigkeit der Zeugnisse über die Szenen des Sabbates auf den Gebrauch von Salben zurückzuführen sein, in deren Zusammensetzung die gleichen oder verwandte Substanzen wirksam waren, wodurch ziemlich ähnliche Träume und Visionen verursacht wurden.

Außer dem an sich unwirksamen Beiwerk, wie das Fett neugeborener Kinder, Maulwurfsfett, Katzenhirn, gepulverten Menschenknochen und dergleichen, bestand die Hexensalbe vorwiegend aus Mohn, Nachtschatten, Sonnenblumen, Schierling, Bilsenkraut, Tollkirschen, Mandragora oder anderen z.T. narkotischen Pflanzenstoffen. Gemäß den Angaben des Dominikaners Pierre le Broussart, der in den Waldenser-Prozessen von Arras im Jahre 1459 als Inquisitor fungierte, soll die Hexensalbe aus verschiedenen Kräutern, dem Blut kleiner Kinder, den gepulverten Knochen Gehängter und aus einer mit geweihten Hostien gefütterten Kröte zubereitet sein. Zwecks schnellerer Absorbierung wurde die Haut vorerst bis zur Rötung gerieben und dann die Salbe angewandt, woraufhin die „Besem-Reitterin" in schlafähnlichem Zustand die greuelhaften Traumgesichte des Sabbates hatte. Daß bei dieser rauschartigen Betäubung die Hallunzination von ekelhaftem, kriechendem Gewürm vorherrschte, darf uns nicht überraschen, denn ähnliche Erscheinungen sind bekannt von dem andauernden Gebrauch einiger Narkotika sowie von dem infolge chronischer Alkoholintoxikation entstehenden Dilirium tremens. Der englische Schriftsteller Thomas de Quincey, welcher im Jahre von 19 Jahren starker Zahnschmerzen wegen begann Opium zu nehmen, durch das er sich in der Folge widerstandslos unterjochen ließ, erzählt in seinen „Confessions of an english Opium-eater", daß seine Träume unruhig und ängstlich wurden: gewaltige Baumassen stürzten auf ihn herab, Tausende von grinsenden Köpfen trieben auf dem Meere umher, Schlangen, Krokodile und sonstige Reptilien verfolgten ihn und dergl. mehr. Aber auch ohne jede erkennbare physiologische Ursache treten häufig bei Visionären und Medien Gesichte von widrigen, garstigen Tieren auf. Beispielsweise sei Barth. Holzhauser (1613 – 1658) erwähnt, der angeblich mehrere prophetische Gesichte hatte. In einem derselben schaute er gräuliche Tiere, wie Kröten, Schlangen usw., welche er als Zeichen der Sittenverderbnis und Lasterhaftigkeit deutete, infolge deren Unglück über die Kirche hereinbrechen wird. Von Swedenborg ist bekannt, daß, als er einst spät abends in einem Gasthof zu London seinen starken Hunger befriedigte, gegen Ende der Mahlzeit ein Nebel vor seinen Augen auftauchte und er sah, daß häßliches Gewürm, Schlangen und Kröten im Zimmer herumkrochen. Dann vernahm er eine drohende Stime, die ihm zurief: Iß nicht so viel!"[25] In neuester Zeit berichtet Professor Ludiwg Staudenmaier, daß er infolge seiner intensiven mediumistischen Experimente von unwillkürlichen Halluzinationen verfolgt wurde, die ihm selbst auf der zur Erholung unternommenrn Elsternjagd keine ruhe ließen. So berichtet er: „Wenn ich nun aber allein auf den Freisinger Isarauen mit dem Gewehr auf dem Rücken herumstreifte, so sah ich statt Elstern häufig Spottgestalten, dickbäuchige

Kerle mit krummen, dünnen Beinen, langen, dicken Nasen, die mich anglotzten. Auf dem Boden schienen manchmal Eidechsen, Frösche und Kröten zu wimmeln. Bisweilen waren sie phantastisch groß."[26]

Auf dem Sabbat erhielten die Hexen ihre Berufsausbildung; hier wurden sie in allen Teufelskünsten unterwiesen, hier bezogen sie die Zaubertränke und Pulver, die sie brauchten, um den Menschen an Leib und Gut zu schaden. De Lancre schrieb: „Auf dem Sabbat lernen die Hexen, wie sie dem Menschengeschlecht und den Gütern der Erde schaden können durch Gift, Zauberpulver, Kröten, Schlangen, schädliche Fette, Fleisch von Gehängten, Fleisch und Knochen ungetaufter Kinder. Alles dieses lehrt man sie und gibt man ihnen auf dem Sabbat, damit eine jede sich rächen kann, indem sie tötet, quälet, verwünschet, unfruchtbar macht, die Felder verwüstet usw." (Traite des Sorciers. S. 541)[27] Vielfach herrschte der Glaube, daß die Kröten die Viehställe besuchen, um die Euter der Kühe und Ziegen zu leeren.[28] In der Zusammensetzung der meisten Zaubermittel steht an erster Stelle die Kröte,[29] und in allen Hexenküchen krochen stets einige Kröten umher, wie alte Stiche und Gemälde bezeugen.[30] In Shakespeares Hexenküche (Macbeth, Aufzug IV, Auftritt I) singt die erste Hexe:

> „Um den Kessel schlingt die Reih'n, werft die Eingeweid hinein:
> Kröte, du die Nacht und Tag unterm kalten Steine lag,
> monatlanges Gift sog ein, in den Topf zuerst hinein."

In der Chronik von Monstrelet (1390? – 1453), welche nach dessen Tode von Mathieu d'Escouchy [31] weitergeführt wurde heißt es: „Das folgende Jahr 1460 taufte ein Pfarrer aus der Umgebung von Soissons eine dicke Kröte und gab ihr den kostbaren Leib unseres Herrn, um daraus ein Zaubermittel zu machen." Und weiter: „Ein Pfarrer aus Soissons befolgte das Beispiel seines Konfraters, doch er war weniger glücklich und wurde verbrannt."[32] Im Jahre 1545 wurde im Lande Rhinow eine Hexe verbrannt, welche eine Zaubersuppe aus einer Kröte, Erde von einem Grabe und Holz von einem Sarg gekocht und ihrem Opfer in den Weg gegossen hatte, um dasselbe zu lähmen.[33] Im Brandenburgischen bekamen die Nonnen eines Klosters plötzlich steife Hälse, weil ein Weib ein Geköche von Schlangen, Kröten und sanguis menstruus bereitet und vor der Türe des Klosters ausgeschüttet haben soll.[34] Vogel berichtet in seinem „Leizigischer Geschichtsbuch oder Annales" (Leipzig 1714), S. 245): „Im Jahre 1552, am 22. September, wurde zu Leipzig der Todtengräber Christoph Müller mit seinem Knecht mit Zangen gerissen und gerädert, weil sie aus Kröte, Schlange und Molchen schwarze, gelbe und rote Giftpulver gemacht und damit 22 Personen getödtet hatten."

Aber nicht allein mit derartigen Sudelköchereien konnten die Hexen ihren Opfern körperlichen Schaden beibringen, sondern in noch weit heimtückischer Weise dadurch, daß sie ohne persönliche Annäherung ihre böswillige Intention auf ein figürliches Gebilde übertrugen, um fernwirkend einem

Menschen Unheil zuzufügen. Das war der sogenannte Bildzauber (envoutement). Um den Bildzauber recht wirksam und verderblich zu gestalten, mußte wiederum irgendwie eine Kröte dazu verwendet werden. Eine ausführliche Anleitung hierüber hinterließ uns Bartholomäus Carrichter von Reckingen, Leibarzt der Kaiser Ferdinand II. und Maximilian III., in seinem Buche „Von gründlicher Heilung der zauberischen Schäden" (Breslau 1552). Dort heißt es: „Wenn die Hexe eine Zauberey machen will, so nimmt sie Holz und läßt eine Spinne darauf kriechen; dann legt sie einen dicken, starken Zwirnsfaden zwerch über die Spinne in der Mitte entzwey, daß sie börstet und das Gift von ihr läßt, und zeucht alsdann den Faden durch die Spinne, daß er den Gift wohl in sich fasse, und also läßt sie den Faden trocken werden. Hernach nimmt sie Wachs, und so die das in der Eile nicht haben kann, nimmt sie frisch gebackenes Brot und macht daraus Bild eines Männleins oder Weibleins, so gut sie kann, in böser, giftiger Imagination wider den Menschen und in dessen Namen, den sie beschädigen will. Wenn dasselbe Männlein formiert, so nimmt sie in desselben Menschen Namen den vergifteten Faden und mißt damit dasselbige Glied, so sie am Menschen beschädigen will; dann schneidet sie dies Maß ab von dem übrigen Faden (nämlich das Maß von der Dicke des Gliedes). Ist es dann im Sommer und sie kann einen Frosch oder Kröte haben, so bindet sie dasselbe abgeschnittene Maß dieser Tiere einem um den Leib. Ist es nun ein Frosch gewesen, und derselbe begibt sich in fließend Wasser, so hat der Mensch nimmer Ruhe und Frieden in dem Betreffenden Gliede, so sie an dem Bildlein abgemessen, usw."[35]

Der französische Okkultist Eliphas Levi,[36] der verschiedene Schriften über Magie verfaßte (Dogma und Ritual der Hohen Magie – Geschichte der Magie) gibt folgenden Operationsmodus an: „Man nimmt eine dicke Kröte und tauft sie auf den Namen und Vornamen derjenigen Person, die man bezaubern will, dann gibt man ihre eine konsekrierte Hostie zu fressen, über welche man eine Verwünschungsformel gesprochen hat.

Daraufhin hüllt man die Kröte in magnetisierte Gegenstände und umwickelt sie mit Haaren des Opfers, auf welche der Zauberer vorerst gespuckt hat, und dann wird alles entweder unter die Türschwelle des Behexten vergraben oder an einen Ort, wo er täglich vorüber gehen muß..." „In Liebesangelegenheiten ist die Zeremonie ungefähr dieselbe, die Hexen vernähen der Kröte die Augen unter Sprechen der Beschwörungsformel „Venus Amor Astaroh usw." Der Jesuit Martin Del Rio (1551 – 1608) berichtet in seinem Buche „Disquisitiones magicaru"[37] von der Wirkung eines derartigen Zaubers mit folgenden Worten: „Um die Zuneigung eines jungen verheirateten Mannes zu gewinnen, stellte eine Hexe einen wohlverstopften Topf, worin sich eine Kröte mit vernähten Augen befand, unter dessen Bett. Der Mann verließ alsbald Weib und Kind für die Hexe. Die verlassene Frau aber fand den Zauber und verbrannte denselben und ihr Mann kam wieder zu ihr zurück." Ein weiteres Zeugnis gibt De Lancre: „Im Monat September des Jahres 1610 beobachtete ein Mann, der in der Umgebung der Stadt Bazas spazieren ging, wie ein Hund um eine Vertiefung in der Erde herumschnupperte, ohne sich beruhigen zu wollen. Der Mann grub an dieser Stelle nach und fand zwei große, mit Stoff umwickelte, ineinander gestülpte Töpfe, die an ihren Öffnungen zusammengebunden waren. Da der Hund noch immer nicht zur Ruhe zu bringen war, öffnete der Mann die Töpfe, welche mit Kleie angefüllt waren, und fand darin eine mit grünem Taft bekleidete dicke Kröte. Sicherlich hatte eine Hexe dieselbe zu einer Zauberei hierhin vergraben." (Tableau de l'Inconstance des Demons. II 4. S. 133) Ein weitverbreiteter Volksbrauch, von dem Anton Prätorius in seinem „Bericht von Zauberei und Zauberern" spricht, ist ein weiterer Beleg dafür, daß das Vergraben von Kröten unter den Türschwellen in unheilstiftender Absicht tatsächlich vielfach in Übung stand. Er berichtet: „Im Stift von Münster in Westphalen haben die Bawern ein Gewonheit, daß auf S. Peter Stulfeyer-Tag [38] (den 22 Feb.)[39] ein Freund dem andern frühe vor Sonnenaufgang für sein Haus läuft, schlagt mit einer Axt an die Tür zu jedem Wort, daß er redet, und ruft laut in seiner Sprache also: „Herut, herut Sullevogel usw. Auf Hochdeutsch also: Heraus, heraus, du Schwellenvogel, S. Peters Stulfeyer ist gekommen, verbeut dir Haus und Hof und Stall, Häweschoppen, Schewer und anders all, bis auf diesen Tag über Jahr, daß hier kein Schaden widerfahr. Durch den Schwellenvogel verstehen sie Krotten, Ottern, Schlangen und andere böse Gewürme, das sich unter den Schwellen gern aufhält; auch alles was dahin giftiges möchte vergraben sein oder werden. Wenn dies geschieht, sind sie das Jahr für Schaden frei, und wer's tut, wird begabt." (1613. 2. Aufl. S. 113).

Für die Hexe war die Kröte ein unersetzlicher Bundesgenosse im Kampf gegen die gottesfürchtige Menschheit, ein nie versagendes Faktotum, das sowohl zur Verwirklichung schädigender Absichten geeignet als auch fähig war, seine Herrin vor fremden bösen Erwartungen zu schützen. De Lancre spricht von verschiedenen Manipulationen, welche vor bösem Zauber schützen sollen, und nennt unter andern remedia praeservativa: „Maulwurfsknochen, Fledermausflügel, Krötensteine, Menstrualblut usw." Betreffs des angeblich im Kopf der Kröte vorhandenen Steines berichtet Collin de Plancy: „Mehrere Autoren behaupten, daß es ein sehr seltener Gegenstand ist, aber einige leugnen die Existenz dieses Steines. Thomas Brown (Essai sur les erreurs populaires. Tome I, Livre III, 13, S. 312) scheint die Sache nicht unmöglich zu sein, denn, sagt er, man findet alltäglich steinige Substanzen in der Köpfen verschiedener Fische. Einige sind der Ansicht, daß diese Steine mineralische Konkremente sind, welche die Kröten absondern, um den Menschen zu schaden. Um diesen Stein zu gewinnen, muß man die Kröte zerfressen lassen. Man rühmte ihm die Eigenschaft nach,

Wunden zu heilen und Gift durch Schwitzen anzuzeigen. Im „Kreutterbuch" (1535) von Eucharius Rößlin heißt es: „Der Stein in ihrem Kopf gefunden und von Menschen getragen, bezwingt die Bosheit des Gifts." Kuriositätshalber sei noch der berühmte „Krötenring" erwähnt, der noch heute im Schloß zu Dessau aufbewahrt und gezeigt wird und von welchem die Sage zu berichten weiß, daß „Unterirdische" denselben einer Gräfin von Anhalt geschenkt haben.

Venefici nennt Benedikt Carpzov (1595 – 1666) jene besondere Klasse von Hexen, die sich in der Zubereitung von allerlei namenlosen Giftmischungen spezialisierten. Es kam häufig vor, daß solche Weiber eine ausgedehnte Kundschaft besaßen, die ihre Künste in Anspruch nahmen, um unbequeme Menschen aus der Welt zu schaffen oder um den Erfall einer Erbschaft zu beschleunigen. Zu verschiedenen Zeiten traten Giftmorde epidemieartig in der Geschichte auf und die eigentlichen Urheber derselben waren anfänglich meist Personen, die einige Kenntnis und Erfahrung in zauberischen Praktiken besaßen. In der Folge kam es verschiedentlich vor, daß solche Giftmischer sich zu weitverzweigten Banden zusammenschlossen und zuweilen das zauberische Beiwerk gänzlich beiseite ließen. Am bekanntesten ist die berüchtigte Marquise Marie-Madeleine de Brinvilliers (1630 – 1676), welche ihren Vater und ihre beiden Brüder nacheinander vergiftete, um sich das ganze Familienvermögen anzueignen. Außerdem versuchte sie noch eine ganze Anzahl Personen, darunter ihre eigene Tochter, zu vergiften,

aber ohne den gewünschten Erfolg. In der Zusammensetzung der von der Marquise de Brinvilliers verwandten „Erbschaftspulver" war die Kröte ein immerwährender Bestandteil. Die Brinvilliers wurde in die Geheimnisse der Giftmischerei von ihrem Geliebten, dem Kavalleriehauptmann Godin, genannt Sainte-Croix, eingeweiht, der sich viel mit Alchimie beschäftigte. In der Folterkammer legte die Brinvilliers ein umfassendes Geständnis ab und gab auch die Bestandteile der Giftpulver bekannt, welche nach den noch erhaltenen Prozeßakten Arsenik, Vitriol und Krötengift waren. Als einziges Gegengift soll Milch wirksam gewesen sein.[40]
Durch die Verurteilung der Marquise de Brinvilliers wurde das Treiben einer ganzen Bande von Giftmischern aufgedeckt, die im Dienste der glänzenden Hofgesellschaft von Versailles stand und für Erbschaftspulver, Liebesphilter und dgl. bedeutende Summen bezog. Dieser Verbrechergesellschaft bestand aus verschiedenartigen Elementen: aus Alchimisten und Zauberern, wie Lesage, Romani, Bertrand, Blessio, aus Hebammen - im Nebenberuf Hexen – wovon die bekanntesten die Frau Monvoisin, genannt „la Voisin", die Marie Bosse, Joly, Vigoureux, Trianon, Cheron und Filastre sind; ferner aus den Priestern Guibourg und Mariette. Wegen des bedeutenden Umfangs dieser Giftmordprozesse wurde ein besonderer Gerichtshof eingesetzt, bekannt unter dem Namen „Chambre ardente", [41] welcher vom 10. April 1679 bis zum 21. Juli 1682 unter dem Vorsitz von Boucherat tagte. Unter den 442 Angeklagten, welche vor diesem Spe-

zialgericht erschienen, befanden sich unter anderen: Madame de Dreux, die Herzogin von Bouillon, die Marechale de la Ferte, die Prinzessin de Tingry, ja selbst die Maitresse Ludwigs XIV., Madame de Montespan. Außerdem waren die ersten Häuser des französischen Adels, wie die Familien de Soissons, de Polignac, Marechel de Luxembourg in diesen skandalösen Giftmischerprozeß verwickelt. Im Mittelpunkt dieses Giftmorddramas standen die Voisin und ihr Geliebter der Abbe' Guibourg, welche mit Madame de Montespan die schauerliche „messe noire" in einem Schloß in der Nähe von Montlhery zelebrierten. Ein Teil der Prozeßakten der „Chambre ardente", welche erdrückende Anklagen gegen die Versailler Hofgesellschaft enthielten, wurde auf höheren Befehl vernichtet; was noch davon erhalten geblieben ist, wird in der Bibliotheque de l'Arsenal in Paris aufbewahrt. In diesen Protokollen sind detaillierte Angaben über die Zubereitung und Anwendung der mysteriösen Gifte enthalten. Einer der Hauptschuldigen, ein gewisser Belot,[42] königlicher Leibgardist aus der Kompagnie de Noailles' welcher viel bei der Voisin, Bosse, Cheron und Vigoureux verkehrte, besaß die Spezialität, silberne Trinkgefäße derart mit Gift zu behandeln, daß jeder der aus diesen Gefäßen trank, in der Folge elend zugrunde ging. Folgendes war sein Verfahren: „Er stopfte eine Kröte voll Arsenik, setzte sie in einen silbernen Becher und peinigte sie mit einer Nadel, bis sie den Harn von sich ließ. Zum Schluß wurde die Kröte im Trinkgefäß zerquetscht." Zu dieser wenig appetitlichen Ope-

Zauberkreis der schwarzen Magie

ration wurden magische Worte gesprochen. Die Wirkung dieser Zubereitung soll Belot mit folgenden Worten gerühmt haben: „Ich besitze ein Geheimnis, durch welches ich eine Tasse mit einer Kröte und noch etwas anderem derart behandele, daß fünfzig Personen, welche nachher daraus trinken, alle verenden werden, selbst nachdem die Tasse gewaschen und gespült worden ist. Nur loderndes Feuer kann das Gift wegnehmen." Es soll jedoch vorgekommen sein, daß ein mißtrauischer Kunde die Wirkung der präparierten Tasse an einem Hund erprobte; aber das Tier zeigte nicht das geringste Zeichen von Unwohlsein, was Belot heftige Vorwürfe einbrachte.[43] Das mag wohl auf Unachtsamkeit und kleine Kunstfehler während der Präparation zurückzuführen sein, denn in dem gerichtlichen Verhör vom 5. Januar 1679 erklärt die Bosse einen fehlgeschlagenen Versuch, dadurch, daß die Kröte kurz zuvor Harn von sich gelassen habe und tot gewesen sei. Ärzte und Chirurgen können bezeugen, daß eine Kröte, nachdem sie uriniert, kein Gift mehr hat und tot auch nichts mehr taugt." Belot erfuhr die erwähnte Präparation von einem Leutnant, namens Moron; doch war er nicht der einzige, der das Giftgeheimnis kannte. Die Giftmischerin Cheron machte vor Gericht folgende Aussage: „Die Kröte wird mit einer Nadel gestochen, damit sie das Maul aufreißt und man ihr Grünspan hineinwerfen kann.[44] Die Marie Bosse kannte das Rezept ebenfalls und gab an, „daß man auf diese Weise ein vorzügliches Gift erhalte, wofür man 200 Louisdor bezahle". Tatsache ist, daß sowohl die Voisin wie die Bosse als auch Belot bedeutende Einkünfte aus ihren Mixturen bezogen. Dazu war die damalige Wissenschaft unfähig, weder die Natur der Gifte[45] noch die Anwesenheit der Giftstoffe in einem Leichnam festzustellen, wie verschiedene Sachverständige in ihren gerichtlichen Gutachten offenmütig und einstimmig erklärten.[46]

Es stellt sich nun die Frage, ob die Kröte tatsächlich giftig ist? Seit Jahrhunderten hat sich dieser Glaube von einer Generation auf die andere vererbt und findet wiederholt seinen Ausdruck in Schriften von Naturbeobachtern und Schriftstellern. Der griechische Arzt Dioskoridos, der im 1. Jahrhundert n. Chr. lebte, schrieb in seinem „Theriska betitelten Anhang zu seinem noch im ganzen Mittelalter sehr berühmten Werk „De materia medica", daß schon der Atem der Kröte tödlich sei und die Luft verpeste, was vor ihm schon der 150 v. Chr. lebende griechische Dichter Nikandros in seinem Gedicht „Theriaca" behauptete. Die gleiche Ansicht vertritt Eleinos, ein griechischer Schriftsteller des 3. Jahrhunderts, in seiner Schrift über die Tiere. Der im 6. Jahrhundert lebende griechische Arzt Aetios weiß der Kröte in seinem Abriß der gesamten Heilkunst „latrica" alle möglichen giftigen Eigenschaften nachzusagen, was nach ihm unzählige andere wiederholen. So heißt es z.B. in dem „Newen Artzney Buch" (Heidelberg 1572) von Christoph Wirsung: „Kröten sind bekannte Tiere voller kalten Giftes." Vor dem Essen von Kröten wird gewarnt. „Dann sie verursachen ein Aufschwellen des ganzen Leibs der auch mit bleichgelber Farbe überzogen wird nicht anders als der Buchsbaum. Da kommt kurzer und hart holender Atem der darüber hinaus übel stinkt: Darauf folgt oftmals oftmals unwissentliches Fließen des natürlichen Samens." (S. 611). Eucharius Rößlin schreibt in seinem „Kreutterbuch" (Frankfurt a.M. 1535): „Die Kröte ist ein ganz kaltes Tierlein, hat ein giftiges Gesicht und einen stinkenden wüsten Angriff." Selbst Konrad von Gesner (1516 – 1565), genannt der „deutsche Plinius", der mit vollem Recht als der Gründer der neueren Tier- und Pflanzenkunde gelten kann, schrieb in seiner Naturgeschichte der Tiere von der Kröte: „Dieses Tier ist ein überaus kaltes und feuchtes Tier, ganz giftig, erschrecklich, häßlich und schädlich. Wenn man dieses Tier schmeißt, wird es so zornig, daß es den Menschen, wenn es könnte, gerne beseichen oder sonst mit seinem giftigen schädlichen Atem vergiften möchte. Es ist aber nicht allein ihr weißes Gift, daß sie auf sich haben schädlich, sondern auch solcher Ort faulen und nicht ohne große Mühe wieder zu heilen. Im Leib ist die Kröte tödlich. Auch ist ihr Anhauchen und Anblick schädlich, wovon die Menschen bleich und ungestalt werden sollen. Sie vergiften auch das Kraut und Laub, wovon sie gefressen haben und worüber sie gekrochen sind."[47] Der französische Naturforscher Georges Cuvier (1769 – 1832), der Schöpfer der vergleichenden Anatomie, ist der Ansicht, daß nur der Schleim, welchen die Hautdrüsen der Kröte absondern, giftig ist und kleine Tiere zu töten vermag. Und noch in letzter Zeit findet sich in der neuesten Auflage des weitverbreiteten Buches „Herings Homöopathischer Hausarzt" folgende Stelle: „Wenn das Gift oder der Harn von Kröten, Fröschen oder Eidechsen ins Auge gekommen ist, so streiche man den Speichel eines gesunden Menschen hinein und gebe alle Stunden oder so oft es schlimmer wird Aconitum. Ist das Gift in den Mund gekommen, so nehme man zuerst einen Eßlöffel voll fein gepuderter Holzkohle in Milch oder Öl verrührt; und wenn jemand mit ihrer Seiche berührt wird, so ruft dies plötzliche, gefährliche Zufälle hervor, so lasse man an Salpetergeist riechen. Später ist gewöhnlich Arsenicum angezeigt."[48] Wir brauchen daher nicht überlegen zu lächeln, wenn wir in einer 1659 zu Bamberg gedruckten Broschüre, welche von Hexenverbrennungen (über 600 sollen es gewesen sein) des Bischofs Johann Georg II. von Bamberg während des Jahres 1625-30 folgende Stelle finden: „Der Wirt und die Wirtin zum Großkopf haben mit zwei Töchtern bekannt, daß sie auch Krotten und Frösche für Karpfen gesotten, den Gästen zu essen gegeben, daß mancher redliche Mann seinen gesunden Leib und Leben hat müssen verlieren."[49]

Verschiedene Gelehrte beschäftigten sich mit der Frage des Krötengiftes und haben diesbezüglich mannigfache Versuche angestellt. So unter andern der berühmte französische Botaniker Bernard de Jussieu (1699-1777), welcher Kröten durch allerlei Peinigung reizte, jedoch nicht beobachtete, daß der Geifer oder Harn irgendwelchen Schaden verursachen konnte. Dr. Lunel berichtet von einem anderen Experiment. „Wir setzten eine Kröte in ein gläsernes Gefäß und sammelten sorgfältig den ausgeschiedenen Harn und Geifer; diese Absonderungsprodukte wurden Fleisch beigemengt, das wir einem Hund, einer Katze und einer Taube zu fressen gaben. Die Versuchstiere erlitten nicht die geringste Schädigung. Wir zerschnitten eine Kröte in kleine Teile, die wir demselben Hunde gewaltsam zu fressen gaben[50] Der Hund zeigte nicht das mindeste Zeichen von Unwohlsein, nur nach ungefähr drei Stunden erbrach er einen Krötenfuß, wahrscheinlich weil derselbe unverdaulich war."[51] Es ist mithin wissenschaftlich erwiesen, daß weder der Geifer noch der Harn der Kröte giftig ist. Zu ihrer Verteidigung wurde die vielgeschmähte Kröte, die wegen der zahnlosen Kiefer nicht beißen kann, von der Natur mit einem eigenen Schuzorganismus ausgestattet. An der warzigen Haut, besonders am Kopf und Rücken, sind zahlreiche Drüsen verteilt, die ein weißes, meist widerwärtig riechendes Sekret langsam und tropfenweise absondern, wenn die Kröte sich gegen Angreifer verteidigen muß. Dieses schmierige Sekret ruft auf den Schleimhäuten Brennen und Rötung hervor. Daher kommt das wütende, von Schaumabsonderungen begleitete Bellen der Hunde, wenn sie eine Kröte ins Maul genommen haben. Wie aus den experimentellen Untersuchungen verschiedener Wissenschaftler einwandfrei hervorgeht, ist dieses Drüsensekret ein heftig wirkender Giftstoff. Gradiolet und Cloez (1851 – 52), Vulpian (1856), Albani (1858) gewannen den Giftstoff der Kröte (sowie des Molches und Salamanders) durch Ausziehen in Alkohol in reinerer Form und wiesen dessen erhebliche Schädlichkeit sowohl im Magen als im Blute nach. Nach Albani scheint Krötengift vom Magen aus stärker zu wirken als in Wunden. Zalesky stellte 1866 den Giftstoff des Salamanders, der demjenigen der Kröte nahe verwandt ist, in reiner Form dar und zeigte, daß das Salamandrin ($C^{86}H^{60}N^2O^{10}$) ähnlich wie Strychnin wirkt und selbst größere Versuchstiere tötet.[52] Der französische Zoologe Prof. Emile Blanchard fand, daß das Krötengift Ameisensäure und eine Carbylaminverbindung[53] enthält und daß es selbst nach dem Eintrocknen noch sehr wirksam bleibt. Nach Paul Bert handelt es sich um das äußerst giftige Methylcarbylamin ($CN-CH_3$)[54] dessen Anwesenheit er als erster im Krötengift nachwies. Trotz dieses sehr giftigen Drüsensekretes ist die Kröte für den Menschen ein völlig harmloses Tier, weil sie weder Stachel noch Zahn besitzt, um ihren Giftstoff in den menschlichen Organismus einzuführen, wie beispielsweise die Schlangen und Skorpione.[55] Nach Fertigstellung des Manuskriptes erhalte ich Kenntnis von einer Arbeit, welche die Herren W. Caspari und A. Lorenz-Berlin in der „Medizinischen Klinik" 1911, Nr. 31 veröffentlichten, und die das Vorhergehende vollauf bestätigt. Es handelt sich um eine Untersuchung über ein indianisches Pfeilgift nebst Versuchen mit einem aus der Haut der Rana exulenta gewonnenen Gift. Untersuchungsobjekt waren zwei Indianerpfeile, die aus den Dornen einer Palme bestehen und die mit einem Gift bestrichen sein sollten, welches schon nach leichten Hautverletzungen die geschlossenen Tiere wehrlos macht. Das Gift soll aus dem Hautsekret von Fröschen bestehen, die an spitzen Dornen lebend aufgespießt werden und dabei das genannte Sekret entleeren. Die Wirkung dieses Pfeilgiftes wurde an einem Meerschweinchen versucht; sofort stellte sich starker Speichelfluß ein, dann lebhafte Atemnot, Nickkrämpfe und Lähmung der hinteren Extremitäten. Nach einiger Zeit starb das Tier unter allgemeinen klonischen Zuckungen. Es wurde darauf versucht, ein ähnliches Gift aus unseren gewöhnlichen Fröschen zu gewinnen. Die Frösche wurden durch faradaische Ströme stark gereizt. Das dabei sich entwickelnde Sekret wurde Kaninchen injiziert. Die Tiere zeigten ähnliche Erscheinungen wie beim wie beim vorhergehenden Versuch, erholten sich aber nach 24 Stunden. Bei weißen Mäusen trat sofort Lähmung der hinteren Extremitäten ein und bald darauf Tod unter Krämpfen. Dieselbe Wirkung ließ sich erzielen aus dem Brei von zerkleinerter Haut der nicht gereizten Frösche.

Die Schädlichkeit der von den Giftmischern des 17. Jahrhunderts hergestellten Pulver ist nicht zu bezweifeln und deren Wirkungsweise ist im Licht der neueren Wissenschaft durchaus verständlich. Durch die Peinigung mit Nadelstichen reizte man die Kröte zur Ausscheidung ihres Drüsengiftes, worauf man das mit Arsenik gestopfte Tier zerquetschte und in dem Trinkgefäß verwesen ließ. Die Kadaverüberreste wurden getrocknet und zerrieben, wodurch ein Pulver entstand, in welchem außer dem Krötengift Arsenik und Ptomaine enthalten waren. Diese raffinierte Zusammenstellung konnte allerdings keine derart geistige Veränderung der Trinkgefäße hervorrufen, wie Belot denselben nachrühmte,[56] sondern die Annahme ist wahrscheinlicher, daß die Giftmischer eine minimale Partie der Giftstoffe am Boden und an den Wänden des Bechers ankleben ließen, welche sich auf diese Weise bei Gebrauch mit dem Getränk vermischte. Im „Zentralblatt für Okkultismus" wurde bereits einmal die Frage der Giftigkeit der Kröte berührt. Es war dies in der Nummer vom Juli 1913 (S. 57), wo gemäß einer Mitteilung des Grazer Tageblattes berichtet wird, daß ein Bauernbursche aus Altenmarkt a.d. Isper infolge einer Wette „einige Teile der lebenden Kröte" verzehrte und nach einer halben Stunde unter furchtbaren Schmerzen starb. Da die Giftdrüsen der Kröte vorwiegend an der Haut des Rückens verteilt sind und genaue Angaben betreff der verzehrten Körperteile in obiger Meldung nicht enthalten sind, so steht noch die Frage offen, ob bei dem tödlichen Ausgang dieser unsinnigen Wette Fremd- oder Autosuggestion nicht irgendeine Rolle gespielt haben kann, denn in der einschlägigen Literatur sind einige, wenn auch seltene Fälle nachgewiesen, wo der Tod infolge suggestiver Einwirkung erfolgte.

Die böse Kröte soll aber nicht in anderer Weise dem Menschen an der Gesundheit schaden können. Der gute alte Konrad von Gesner weiß hierüber weiter zu berichten. „Es geschieht auch bisweilen, daß die Menschen unversehens Weise mit dem Wasser oder anderem Getränk etwa Eier von

Krotten und Fröschen in den Leib trinken, welche Eier danach in dem Menschen zu Fröschen und Krotten ausgebrütet werden, welches ganz grausam ist. Solche müssen durch starke Arznei entweder nach oben durch Übergeben oder unten durch den Stuhlgang von dem Menschen getrieben werden."[57]) Eine andere „ganz grausame und erschreckliche" Geschichte weiß Bodin in seiner „Demonomanie des Sorciers" zu berichten: „Und während ich dies schreibe, teilt man mir mit, daß in der Nähe der Stadt Laon eine Frau eine Kröte zur Welt brachte, was die verblüffte Hebame, und jene, die bei der Geburt zugegen waren, bezeugen, und man brachte die Kröte zum Prevot, woselbst mehrere dieselbe gesehen hatten..." In jener düstren Zeit der Hexenprozesse hatte man nicht nur die Überzeugung, daß jemand das Malheur haben könnte, Kröteneier zu verschlucken, sondern auch, daß Hexen dem Menschen Kröten und dergleichen Getier zur Schädigung der Gesundheit in den Leib zaubern könnten. Derart hineingezauberte Gegenstände oder Lebewesen nennt van Helmont „Injekta".[58]) In den Schriften der Ärzte, und zwar der tüchtigsten und gelehrtesten jener Zeit, sind solche Berichte zahlreich anzutreffen. Der Koburger Arzt und Professor Frommann berichtet von Kuren, wo durch den Stuhl Mäuse und Kröten abgeführt wurden. An einer anderen Stelle spricht er von einem armen 26jährigen Weib, welches in einer ungesunden Hütte wohnte, worin sich viele Kröten, Eidechsen und Blindschleichen aufhielten. Da das Weib gewöhnlich mit offenem Mund schlief, schlüpfte ihr einst eine dicke Schlange in den Magen und verblieb daselbst, bis es dem Arzt gelang, sie vermittels starker Abführmittel zu vertreiben. J.B. Montanus (1488 – 1551), Fretegius, Tragos (eigentlich Hieronymus Bock, 1498 – 1554), Reinesius Melchior Sebesius und noch eine andere Anzahl hochgelehrter Herren rühmten sich, ähnliche Kuren vollbracht zu haben. Auch Pierre Borel (1620 – 1689) Leibarzt Ludwig XIV., erzählt (Historiarum et observationum medico-physicarum centuria. 1653)[58], daß er von einem Patienten Erbsen, Kieselsteine, Haarballen und kleine Frösche habe fortgehen sehen. Johann Faber, Leibarzt Ludwig XIII., beobachte erbrochene Kröten und Schlangen. In dem Buch „Casus medicinales et observationes parcticae" erwähnt Timäus von Güldenklee (1600 – 1667), Leibarzt des Großen Kurfürsten, vier ganz gleiche Falle.[59] Der schwedische Arzt Bartholin erzählt, daß eine Frau von ungefähr 30 Jahren, von brennendem Durst gequält, viel Wasser aus einem Weiher trank. Einige Monate später verspürte sie eigenartige Bewegungen im Magen und es schien ihr, als ob irgend etwas darin herumkröche und versuche emporzusteigen. Wegen dieser ungewöhnlichen Erscheinung suchte sie den Arzt des Dorfes auf, welcher ihr eine Dosis Orvietan[60] in einem Absud von Erdrauch verordnete. Bald aber wurde der Tumult heftiger und die Kranke erbrach drei dicke Kröten und zwei junge grüne Eidechsen, die einträchtig in ihren Eingeweiden logiert hatten. An anderen Tag wurden drei weitere Kröten erbrochen, die etwas kleiner waren, sowie noch sieben junge

Kröten; dies war anscheinend die ganze Familie. Man ließ die Kranke zur Ader, gab ihr Abführmittel und Klistiere, und das Erbrechen hörte auf. Aber im nächsten Frühling machte sich ein neues Rumoren in den Gedärmen bemerkbar; es fing wieder an zu springen und zu kriechen. Das Mädchen nahm sofort Pillen von Aloe und Bezoar und erbrach drei Krötenweibchen. Am anderen Tag folgte die ganze Familie in einer Stärke von zehn Individuen, welche jedoch etwas angegriffen und krank aussahen. Im Januar wurden wiederum fünf mittelgroße Kröten zu Tage gefördert, die recht lebhaft und munter waren. Während sieben Jahren bevölkerte das bedauernswerte Mädchen auf diese Weise einen benachbarten Weiher mit 80 Kröten und Fröschen. Bartholin behauptet ernstlich, daß man ein deutliches Quaken im Bauch des armen Mädchens vernehmen konnte." Wie nachstehender Bericht zeigt, gab es aber auch etwas weniger vertrauensselige Beobachter, deren nüchternen Verstand nicht durch die scholastische Gelehrsamkeit der auf Hippokrates schwörenden Doktoren getrübt war. „Gegen Ende des Monats August 1682 zeigte man in Charenton ein Mädchen, das Schnecken, Raupen und eine Menge anderer Insekten erbrach. Alle Ärzte in Paris staunten über das Wunder. Dieses eigenartige Erbrechen fand nicht im Verborgenen statt, sondern vor zahlreichen Anwesenden. In gelehrten Kreisen verfaßte man schon Dissertationen, um dieses Phänomen zu erklären, als ein Polizeileutnant, ein erfahrener und entschlossener Mann, sich der Sache annahm und die Behexte

Kröten tanzen am Sabbat

verhörte. Er drohte ihr mit Peitsche und Halseisen, bis sie endlich gestand, daß sie sich seit sieben oder acht Monaten daran gewöhnt hätte, im geheimen Raupen, Spinnen und andere Insekten zu verschlucken, und daß sie sich schon lange wünschte Kröten zu verschlucken, sich aber keine habe verschaffen können."[61] Diese Geschichte erinnert an den neuerdings vom Münchener Nervenarzt Dr. med. von Gulat-Wellenburg beobachteten Wiederkäuer Hermann W., der zum Broterwerb in öffentlichen Schaustellungen lebende Frösche und Fische verschluckte und dieselben willkürlich lebend wieder herausbringen konnte. Bekanntlich wurde dieser Fall von hysterischer Rumination von Dr. med. Mathilde von Kemnitz, geb. Spieß, gegen die Materialisationsphänomene ausgespielt, welche Dr. von Schrenck-Notzing bei dem französischen Medium Eva C. beoabachtete.[62]

Nach dem allgemeinen Glauben besaßen die Hexen die Fähigkeit, durch den Blick andere Personen oder fremdes Eigentum behexen und ihnen dadurch zu schaden.[63] Diese Überzeugung wurzelt derart tief, daß der „Hexenhammer" empfiehlt, die Hexen beim Verhör derart vorzuführen, daß sie den Richtern den Rücken zudrehen, und diese Stellung mußte während des ganzen Verhörs andauern, denn ihr „böser Blick" brachte Unheil und konnte den, den er traf, in Krankheit und Verderben stürzen. Bald dehnte der volkstümliche Aberglaube diese Zauberkraft auch auf das Lieblingstier der Hexen, die Kröten, aus, und allgemein galt die Auffassung, daß die glotzenden, rötlichen Augen der Kröten

Verderben ausstrahlen würden und daß sie, gleich den Schlangen, kleinere Tiere zu „bannen" vermöchten. Van Helmont schrieb, daß eine Kröte, die in ein genügend hohes Gefäß gebracht wurde, alle Kräfte aufwendet, um zu entfliehen, wenn sie scharf angeblickt wird. Gelingt ihr dies jedoch nicht, so wird sie wütend und fixiert ihrerseits die Person, bis sie nach einer kürzeren oder längeren Zeit tot zusammenfällt. Ein typisches Beispiel für den Glauben an das faszinierende Auge der Kröte bildet der Bericht dem Versuch des Abbe Rousseau, der auch noch in verschiedenen neueren Werken[64] anzutreffen ist und anscheinend völlig ernst genommen wird. Dieser Abbe Rousseau (1630 – 96), der „Kapuziner aus dem Louvre", dessen Mittelchen eine Zeitlang sehr beliebt waren und der durch Ludwig XIV. zum Arzt gestempelt wurde, erzählt, daß er die Beobachtung van Helmonts verschiedentlich nachgeprüft und sie zum Teil richtig gefunden habe. Nachdem er dieses Experiment wohl an die zwanzig Mal wiederholt hatte, fand er, daß manchmal die Kröte getötet wurde, daß sie aber auch oft erfolgreich Widerstand leisten konnte. In seinem 1697 zu Paris veröffentlichten Buch, betitelt „Secrets et Remedes eprouves, avec plusieurs experiences nouvelles de physique et de medecine", berichtet er, daß eines Tages ein solcher Versuch ihm beinahe das Leben gekostet habe. Er schreibt: „Nachdem dieses Tier vergeblich versucht hatte, zu entfliehen, wandte es sich gegen mich, blähte sich außerordentlich, erhob sich auf seinen vier kurzen Beinen und fauchte wütend, ohne sich vom Platz zu rühren. Seine Augen blickten mich unablässig an und ich sah, wie sie sich allmählich röteten und blitzten. Alsbald ergriff mich eine allgemeine Schwäche und unter Schweißausbruch und Abgang von Kot und Harn fiel ich ohnmächtig zusammen, so daß man mich tot glaubte." Hector Durville, der die Realität dieses Vorfalls stillschweigend zugibt, glaubt eine magnetische Einwirkung seitens der Kröte annehmen zu müssen; er gesteht jedoch, daß er selbst noch niemals mit Kröten experimentiert habe. Demgegenüber sei noch hervorgehoben, daß Czernak (1872 – 73) feststellte, das Frösche, Kröten und Molche für hypnotische Zwecke unempfindlich sind. Was nun die Volksmeinung[65] von dem faszinierenden oder hypnotischen Blick der Schlangen, ja auch den Kröten zugeschrieben wird, anbelangt, so hat der englische Zoologe P. Chalmers-Mitchell mit seinem Kollegen R. Pocock eine große Reihe von Versuchen mit den verschiedensten Tieren angestellt, um diese Frage einwandfrei zu entscheiden. Diese Beobachtungen sind in der Monographie „Die Kindheit der Tiere"[66] niedergelegt und führen P. Chalmers-Mitchell zu dem Schluß: „Nie aber habe ich gesehen, daß das Opfer sozusagen „hypnotisiert" wird oder sich von selbst der Schlange nähert."[67]

Es muß wirklich überraschen, daß der Volksglaube, welcher der Kröte so mannigfache gefährliche und verderbliche Eigenschaften zuschreibt, diesem Tier aber auch besondere Heilkräfte bei den verschiedensten Krankheiten und Gebrechen nachsagt. Auf diese Verwendung der Kröte in der volkstümlichen Medizin spielt Goethe an, indem er Mephistopheles folgendes Rezept gegen Sommersprossen ordonnieren läßt.:

> Nehme Froschlauch, Krötenzungen, kohobiert,
> Im vollsten Mondlicht sorglich destilliert,
> Und wenn er abnimmt, reinlich aufgestrichen.
> Der Frühling kommt, die Tupfen sind entwichen."[68]

Es entspricht ganz dem Ideenkreis des Volkes, die Kröte vorzugsweise zur Linderung solcher Leiden zu verwenden, die ohne sinnfällige Ursache plötzlich auftreten und die daher zauberischen Einwirkungen zugeschrieben wurden,[69] wie ja noch heutigen Tags rheumatische Anfälle volkstümlich „Hexenschuß" genannt werden. Es gab verschiedene Anwendungsarten der Kröten bei rheumatischen Leiden, die je nach der Gegend voneinander abwichen. In der Gegend von Arles (Südfrankreich) ist es üblich, eine lebende Kröte während zwei Stunden in gutem Olivenöl zu kochen und dieses Öl nachher zu Einreibungen zu verwenden. Ein anderes Verfahren, daß ebenso wirksam sein soll, besteht darin, daß eine Kröte im Backofen getrocknet und in gutem Wein gekocht wird. Ich erinnere mich, daß ich vor etlichen Jahren in Moullins bei Metz von einem Bekannten, der längere Zeit an einer hartnäckigen rheumatischen oder gichtigen Affektion litt, hörte, daß er auf Anraten eines Dorfbewohners Kröten verwendete und tatsächlich von seinem Leiden befreit wurde. Über die Anwendungsart ist mir Näheres jedoch nicht mehr geläufig. Wie im Vorhergehenden mitgeteilt, enthält das Drüsensekret der Kröte Ameisensäure, welche bekanntlich in der Medizin unter Gestalt von Ameisenspiritus als hautreizendes Mittel Verwendung findet, so daß die Wirksamkeit dieser volkstümlichen Zubereitungen bei Gliederreißen nicht ohne weiteres in Abrede zu stellen ist.

Die Kröte soll auch die Fähigkeit besitzen, das Entstehen ansteckender Krankheiten zu verhüten, indem sie durch Fernwirkung die Krankheitsstoffe an sich zieht. Sie wird daher häufig bei Typhuskranken verwendet. In diesem Fall muß man die lebende Kröte unter das Bett des Kranken anbinden, oder was noch besser sein soll, diese unter das Kopfkissen des Patienten setzen, wodurch eine Übertragung der Krankheitsstoffe auf die Kröte stattfindet. Dieses Verfahren soll besonders im Süden Frankreichs gebräuchlich sein. An vielen Orten der französischen Mittelmeerküste wird die Kröte in ähnlicher Weise gegen das Wechselfieber angewandt. Wenn das Volk noch heute dieses Mittel bei Fieberkrankheiten anwendet, so führt es eine Tradition weiter, die dem fernen Mittelalter entstammt. Bereits in dem berühmten medizinischen Lehrgedicht der Schule von Salerno (Schola Salernitana) wird die Heilkraft der Kröte erwähnt, indem ihr Gift den Krankheitsstoff besiegen und aus dem Körper stoßen soll.[70] Unter Berücksichtigung der verschiedenen Beobachtungen und Feststellungen aus neueren Wissensgebieten wird man bald zur Erkenntnis gelangen, daß diese vermeintlich abergläubischen Bräuche dennoch einen wahren Kern enthalten. Wenn zwei lebende Wesen in direkte Berührung oder bloß in Annäherung zueinander gebracht werden, so wirken sie unwillkürlich mehr oder weniger stark aufeinander ein. Der gesunde oder starke Körper teilt dem kranken oder schwachen Organismus seine Lebenskraft mit und dieser strahlt seine Krankheitsstoffe auf den gesunden Körper aus. Dieser Austausch der magnetischen Ausstrahlungen kann zwischen zwei Menschen, aber auch zwischen Mensch und Tier stattfinden. Diese zu Heilzwecken verwandte lebensmagnetische oder Sympathieeinwirkung, Zootherapie genannt, war von Alters her bekannt und einsichtige neuere Ärzte haben dieselbe in Krankheitsfällen angewandt, wo alle Mittel versagten, und wunderbare Erfolge erzielt.[71] Unter Weglassung alles superstitiösen Beiwerks fand beim Gebrauch der Kröten zu Heilzwecken eine unbewußte Anwendung der vitalmagnetischen Kraft statt, die trotz aller Tatsachen und Beweise von der Schulwissenschaft noch immer geleugnet wird. Das gleiche Prinzip mag wohl wirksam sein, wenn gegen Migräne eine lebende Kröte auf dem Kopf oder unter dem Hut getragen wird. Der Volksglaube nimmt an. Daß die Kröte nach dieser Anwendung innerhalb weniger Stunden verenden wird.

Bei hitzigen Fieberkrankheiten dient die Kröte aber auch als Luftreiniger im Krankenzimmer. Eine lebende Kröte wird gekocht und dann noch dampfend auf den Boden der Krankenzimmers gebracht, damit sie die Krankheitserreger aufsauge.

Diesen Gebrauch trifft man häufig in den an das Mittelmeer angrenzenden Gegenden Südfrankreichs an.

In verschiedenen Ortschaften der Provence gilt die Kröte als Heilmittel gegen Krebsleiden. Die Anwendungsart variiert wiederum nach den Lokalitäten. Im Drome-Departement werden gewöhnlich zwei lebende Kröten unter das Bett des Krebskranken gebracht. In Dörfern des Lozere-Departments wird nach folgendem Rezept ein Mittel gegen Krebsleiden hergestellt: Eine lebende Kröte wird in einen Topf Branntwein geworfen und während 40 Tagen maceriert, alsdann getrocknet und zerrieben. Von diesem Pulver wird eine Messerspitze auf die Wunden der Kranken gebracht.[72] Bei Phlegmonen verfertigt man eine Pomade aus Krötenpulver.

In einigen Stellen Nordfrankreichs glaubte man, Hornhauttrübungen durch Behandlung mit Krötenpulver vertreiben zu können. Dr. Barnaud berichtet, daß an vielen Orten das Krötenblut als Heilmittel gegen Gelbsucht angesehen wird. Um Avignon herum ist der Glaube verbreitet, daß das Tragen einer getrockneten Kröte vor der Pest bewahrt.

Im Norden Frankreich ist es üblich, einige getrocknete Krötenfüße als Halskette zu tragen, um von Zahnschmerzen befreit zu bleiben, auch soll dies kleinen Kindern das Zahnen erleichtern. In diesem Glauben finden wir einen vagen Anklang an die Lehre von den Signaturen der nachmittelalterlichen Ärzte wieder. Derselbe Gedankengang führt dazu,

Kröten und Frösche bei Wassersucht zu verwenden, und zwar verabreicht man den Kranken zwei Messerspitzen Krötenpulver in einer Tasse Lindentee. Andere glauben, daß es vorteilhafter ist, die Kröte zu zerschneiden und dem Kranken auf die Lenden zu legen, wodurch er dermaßen urinieren muß, daß alle Flüssigkeit schwindet.[73]

Es stellt sich die Frage, ob diese Quacksalbereien tatsächlich Erfolg haben? Die Bejahung dieser Frage ergibt sich ohne weiteres, wenn man bedenkt, daß ohne zahlreiche wirkliche oder doch zum mindesten scheinbare Erfolge es unverständlich wäre, daß der Glaube an die Wirksamkeit dieser Volksheilmittel sich die Jahrhunderte hindurch bis auf unsere Tage als lebenskräftig erwiesen hat. Die Wirksamkeit dieser volkstümlichen Mittel ist zum größten Teil auf bekannte chemische und physiologische Vorgänge zurückzuführen, und wo solche nicht nachgewiesen werden können, sind die Erfolge auf das Konto der Suggestion zu setzen. Sehr zutreffend bemerkt Prof. Otto Stoll, daß die Kenntnis der Bedeutung der Suggestion in der Heilkunde erlaube, „bis zu einem gewissen Grade die Volksmedizin gegen die Anklage blinden und hirnlosen „Aberglaubens" in Schutz zu nehmen, denn in diesem „Aberglauben" steckt ein wahrer Kern, den herauszuschälen Sache der rationellen Medizin einerseits und andererseits der ethnologischen Betrachtung der Völker ist."[74] Vielerorts wird die Kröte als Haussegen gebraucht, um Mensch und Vieh vor Krankheit und Unglück zu bewahren. Dieser Aberglaube verlangt, daß eine tote

Kröte an irgendeiner Stelle der Wohnung oder des Stalles angenagelt wird. Hinsichtlich seiner äußeren Gestaltung zeigt dieser Aberglaube nur wenig Abwechslung. Sehr häufig ist diese Superstition wiederum in den an das Mittelmeer grenzenden Departements Südfrankreichs anzutreffen. Wird eine Kröte mit dem Hals an die Zimmerdecke aufgehängt, so befreit sie die Hausbewohner von Angst; hängt man die Kröte mit dem Fuß in einem Hühnerstall auf, so schützt sie das Hühnervolk vor Ungeziefer. Werden drei Kröten durch einen Holzstift mit den Füßen an die Mauer eines Schafstalles angepflockt, so sind die Schafe vor der Räude sicher.[75] Auf diesem Gebiet sind der abergläubischen Phantasie keine Schranken gesetzt und es ist daher unnütz, die Beispiele zu vermehren.

Es wäre wünschenswert, daß aus okkultistischen Kreisen auf breiter Basis umfassende Erhebungen angestellt würden betreff der auf dem Lande noch lebendigen abergläubischen Bräuche und Anschauungen, zauberischen Handlungen und volkstümlichen Quacksalbereien, wie solche seit einiger Zeit im Interesse der Folklore und neuerdings in bezug auf die kriminalistische und juristische Bedeutung des Aberglaubens unternommen worden sind.[76] Die von diesen zwei Seiten unternommenen Untersuchungen halten sich jedoch nur an das Äußere der Erscheinungen und vermögen nicht den verborgenen Wahrheitsgehalt herauszufinden, der meist jeder superstitiösen Praktik zugrunde liegt und welcher nur unter gebührender Berücksichtigung der Grundideen der

Magie der Spagyrik, der Astrologie, des Biomagnetismus, des Mediumismus usw. zu erkennen ist.

Der Vollständigkeit halber wäre noch der wunderlichen Ansichten und Behauptungen zu gedenken, die sich auf das Alter, das Nahrungs- und Luftbedürfnis der Kröten sowie auf den Krötenregen beziehen und die bis vor kurzem in gelehrten Abhandlungen anzutreffen waren und selbst in wissenschaftlichen Akademien zur Diskussion standen. Wegen ihres rein naturwissenschaftlichen Charakters will ich diese Tatsachen jedoch nicht an dieser Stelle anführen, um so mehr, da sie nicht so sehr einer abergläubigen oder wundersüchtigen Regung entstammen als der mangelhaften Beobachtung und der vorschnellen, kritiklosen Annahme fremder Ansichten. Trotz unserer stolzen Naturerkenntnis und der weitverbreiteten Aufklärung ist die Kröte noch immer das verstoßene Tier, daß sowohl beim Gebildeten wie beim Ungebildeten Abscheu erregt und daß man, einem atavistischen Impulse folgend, töten zu müssen glaubt. Das ist der Fluch der Häßlichkeit!

Anmerkungen und Literaturhinweise

1) Ich ignoriere nicht, daß zuweilen auch junge bildhübsche Mädchen als Hexen verbrannt worden sind. Neben der gewaltigen Zahl durchaus unschuldiger Opfer der Inquisition gab es aber auch solche die tatsächlich zauberische Handlungen zur Schädigung der Nächsten vorgenommen haben, wie dies in unseren Tagen auch noch vorkommen kann. Diese letztere Gattung ist hier gemeint. Kein Okkultist wird behaupten wollen, daß auf dem Scheiterhaufen nur Unschuldige und Hysterische starben; eine Ansicht, welche bei neueren Geschichtsschreibern sehr beliebt ist.
2) C. Lombroso, „L'homme criminel", 2. Französische Ausgabe. Vorwort Seite XVI.
3) Dr. Grävell, „Besessenheit". Psychische Studien. Dez. 1916. S 524.
4) Horsts Zauberbibliothek. Mainz 1822. Bd. I. S. 146.
5) In seiner „cautio criminalis" kennzeichnet Spee diese Anschauung der damaligen Zeit mit folgenden Worten: „Nicht Gott oder die Natur tut ferner noch etwas, sondern alles die Hexen."
6) In den südlicheren Ländern tritt vorzugsweise die Schlange an Stelle der Kröte. Man erinnere sich nur der verschiedenen diesbezüglichen Bibelstellen.
7) Wurde 1233 erschlagen.
8) Eine erste Bulle war in dieser Angelegenheit im Jahre 1232 an die Bischöfe von Minden, Lübeck und Ratzeburg ergangen.
9) Dessen Verfolgungswut kennzeichnet der Erzbischof von Mainz in einem Schreiben an den Papst mit folgenden Worten: „Wer ihm in die Hände fiel, dem blieb nur die Wahl entweder freiwillig zu bekennen und dadurch sich das Leben zu retten, oder seine Unschuld zu beschwören und unmittelbar darauf verbrannt zu werden." Alberici, Monachi Chronicon ad ann. 1233.
10) Dr. W.G. Soldan, Geschichte der Hexenprozesse. Seite 135/6. Dieser Verfasser stützt sich auf: Raynald, annal. Eccl. Ad. Ann. 1233.

11) Kiesewetter, Geheimwissenschaften. 2. Aufl. S. 460.
12) Jules Garinet, Histoire de la magie en France. 1818. S. 183-185 und S. 308 ff. Gaufridy wurde am 30. April 1611 als Zauberer auf dem Dominikanerplatz in Aix verbrannt.
13) Collin de Plancy, Dictionnaire Infernal.
14) J. B. Cannaert, Proces des Sorcieres en Belgique, 1847, S. 21.
15) Bereits J. Boden macht darauf aufmerksam, daß nicht bei allen Hexen das stigma diabolicum zu finden ist, indem der Teufel es den sicheren Opfern nicht aufdrückt, sondern bloß den zweifelhaften. Demonomanie des Sorciers. Livre II, chap. IV.
16) Annaes des Sciences Psychiques. 1910, Nr. 21/22. Seite 330.
17) Die Beobachtung neuerer Naturforscher lehrt, daß Kröten tatsächlich zu zähmen sind. Bell hatte eine Kröte gezähmt, welche auf den Ruf herbeikam, aus Der Hand fraß usw. Brehms Tierleben.
18) Geb. 1486; gest. 1535.
19) Hierhin gehörige, zum Teil recht derbe Angaben können nachgelesen werden bei:
    - Bodin, Demonomanie. II. Seite 104/5.
    - Reming, Daemonolatr. 25. 31.
    - Delrio, Disquisit. Mag. Lib. V. Append. S. 854.
    - De Lancre, Chap. VII., und noch bei vielen anderen Koryphäen der Hexenprozesse.
20) Pierre de Lancre, „Tableau de l'Inconstance des mauvais.." Paris 1613.
21) Horsts, Zauberbibliothek. 1828. Band 3. Seite 373-4.
22) Collin de Plancy, Dictionnaire Infernal.
23) Soldan schreibt in seiner „Geschichte der Hexenprozesse" auf S. 276: „In burgfriedbergischen Akten von 1633 finde ich ein in 41 Artikeln abgefaßtes Schema für die Generalinquisition beigelegt. Es wird darin nach allen Spezialitäten des Hexenwesens gefragt.

24) Dies beweist nachstehende Stelle aus Nicolas: „Dissertation Si la torture est un moyen seur a' verifier les crimes secrets. Amsterdam 1682, S. 105.
25) Schleiden, Studien. S. 195.
26) Prof. Ludwig Staudenmaier, Die Magie als experimentelle Naturwissenschaft. S. 25.
27) J. B. Cannaert, Proces des Sorcieres en Belgique, 1847, S. 114.
28) Brehms Tierleben.
29) Die Verwendung von Eidechsen, Krötenknochen, Taubenblut, Schlangengerippe, Resten Verstorbener usw. zu magischen Operationen wird schon bei den Römern vielfach erwähnt. (Vgl. Soldan, Geschichte der Hexenprozesse. S. 25).
30) Beispielshalber erwähne ich: Ausflug zum Sabbat" von Queverdo Die anonyme Hexenküche auf Seite 33 des „Buches der Wunder und Geheim wissenschaften" von Dr. G.H. Berndt. „Versuchung des hl. Antonius" von Teniers d.J. (Königl. Gemäldegalerie in Dresden). „Auszug der Hexen" von Dav. Teniers d.Ä. (Museum zu Douai). Verschiedene Zeichnungen von Retzsch, welche Szenen vom Sabbat, aus Hexenküchen und aus alchymistischen Laboratorien darstellen. (Veröffentlicht in „Les Sciences Maudites", Paris 1900. „Sabbat" v. Ziarnko (id).
31) Nach einer anderen Schreibart auch. De Coucy.
32) Garinet, Histoire de la magie en France. Seite 109 – 10.
33) Kiesewetter, Geheimwissenschaften. 2. Aufl. Seite 537.
34) Mehrere derartige Beispiele aus Brandenburg gibt v. Raumer in den „Märkischen Forschungen". Berlin 1841. Bd. I. S. 238 ff.
35) Kiesewetter, Geheimwissenschaften. 2. Aufl. Seite 636-7.
36) Pseudonym des ehemaligen Abbe' Constant.
37) Disquisitionum magicarum libri sex, quibus continetur accurata Curiosarum artium et vanarum superstitionum confutatio, utilis

Theologis, Jurisconsultis, Medicis, Philologis. Auctore Martino Del Rio. Erstmalig gedruckt 1599.

38) Ich vermute, daß die Vornahme dieser abergläubigen Schutzmaßregel in Zusammenhang mit einer astrologischen Idee steht und keineswegs zufällig auf dieses Datum festgelegt worden ist.

39) Bekanntlich tritt die Sonne um den 21 Februar in das Zeichen Fische ein, das nach astrologischer Auffassung die Sumpf- und Wassertiere beherrscht und als feuchtes, kaltes Zeichen angesehen wird, dessen Natur somit ganz dem Charakter der Kröte entspricht. Außerdem vertreten die Fische, als das 12 Zodiakzeichen, beim Menschen die Füße und analogieweise das Fundament bei Bauten und dergl. Diese oder ähnliche Beziehungen mögen wohl dazu geführt haben, dem 22 Februar eine besondere Bedeutung und eigene Zauberkraft beizulegen. Derartige Subtilitäten und Spekulationen waren in der astrologischen Wissenschaft der früheren Jahrhunderte, die noch stark mit magischen Vorstellungen verquickt war, sehr beliebt und scheinen mir Entstehung und Sinn vieler Sitten und Gebräuche zwangloser und zutreffender zu erklären als die übliche Anlehnung an irgendeinen Kirchheiligen oder religiöse Feier.

40) Frantz Funck-Brentano, „Le Drame des Poisons". Paris 1906. – Aus dem Umstand, daß Milch als Gegengift diente, schließt Dr. Latuiffe-Colomb, daß der wirksamste Stoff der Giftpulver Sublimat war, weil die Quecksilbersalze mit den Proteinkörnern der Milch unlösliche Verbindungen bilden. (Chronique medicale 1908. S. 644).

41) Dieser Name kommt daher, weil ehemals Gerichtskommissionen, welche für gewisse schwere Verbrechen eingesetzt wurden, sich in einem Raum versammelten, der gleich einem Totenzimmer ganz mit schwarzem Tuch behangen und von Fackeln und Wachskerzen erleuchtet war.

42) Wurde am 10 Juni 1679 zu Paris auf der Place de Greve gerädert.

43) Funck-Brentano, Drame des Poisons, S. 267 ff.
44) „L'Initation", August 1910.
45) Die Kenntnis der Gifte war im 17. Jahrhundert auf Arsenik, Antimon und Sublimat beschränkt.
46) Dies erinnert an den berüchtigten Gifttrank „Aqua Tofana", dessen Zusammensetzung auch nicht zuverlässig festgestellt werden konnte. Nach Garelli, Leibarzt Karls VI., soll derselbe hauptsächlich aus einer Lösung arseniger Säure bestanden haben. Vermutlich war diese Mischung im Wesentlichen nicht verschieden von derjenigen Belots und Konsorten.
47) Brehms Tierleben. 3. Aufl. S. 694-5.
48) S. 108. 24. Aufl.
49) Kiesewetter, Geheimwissenschaften. 2. Aufl. S. 548-51.
50) Verschiedene Naturforscher, so Dumeril, Bory St.-Vincent und Hippolyte Cloquet, konnten feststellen, daß die Froschschenkel, die als Leckerbissen in den Pariser Markthallen verkauft wurden, sehr häufig Krötenschenkel sind!
51) Grand Dictionnaire Larousse.
52) Bei Einspritzung in die Venen genügt 0,009 gr. pro Kg Körpergewicht zur Tötung eines Hundes.
53) Carbylamin: Bezeichnung für die isocyanhydrischen Äther.
54) Wurde von einigen skrupellosen Fabrikanten zur Fälschung des Curars (Pfeilgift) verwandt. Dieser Betrug wurde zum ersten Mal von Bochfontaine im Jahre 1884 festgestellt.
55) Wegen ihrer Nützlichkeit als Gartentier sind die Kröten an verschiedenen Orten zum Gegenstand eines lebhaften Handels geworden. So z.B. in Paris, wo die Krötenhändler in der Nähe von Markthallen anzutreffen sind. Sie halten ihre Waren in Tonnen, in welchen sie jeden Augenblick mit den bloßen Händen und Armen herumwühlen, ohne irgendwelche Schäden zu erleiden.

56) Späterhin erklärte Belot vor Gericht, vermutlich aus Angst vor der Tortur: „Ich weiß wohl, daß Kröten niemanden schaden können; was ich mit denselben an den silbernen Bechern und Schüsseln vornahm, geschah nur, um mir diese Gefäße anzueignen." Eine unbeholfene, durchsichtige Ausrede!
57) Brehms Tierleben. 3. Aufl. S. 605.
58) In seinen „Geheimwissenschaften" nimmt Kiesewetter die Realität der Injekta an, glaubt jedoch, daß dieselben nicht in das Innere des Organismus eindringen, sondern von außen her unsichtbar angezogen werden und plötzlich an den natürlichen Körperöffnungen sichtbar erscheinen, ähnlich wie die gelegentlich bei spiritistischen Sitzungen beobachteten „Apporte". (S. 618). Die Verteidigung dieser Ansicht muß Kiesewetter jedoch überlassen bleiben.
59) Kiesewetter, Geheimwissenschaften, 2. Aufl. S. 618-619.
60) Von dem aus d'Orvieto gebürtigen Hieronymus Ferranti erfundene Latwerke; war im 17. Jahrhundert sehr beliebt.
61) Salgues, Erreurs et prejuges. 1830. Band II. S. 57-58.
62) Vgl. „Moderne Mediumforschung" von Dr. med. Mathilde v. Kemnitz.
63) Der bereits erwähnte Hexenrichter Nikolaus Eymericus sagt, daß „im allgemeinen die Hexen leicht an ihrem wilden Blick zu erkennen sind". (Manuel des Inquisiteurs.)
64) So z.B. im „Grand Dictionnaire Larousse". – Hect. Durville, „Die Physik des Animalmagnitismus", und „Magnitisme personnel", S 170-71. – Salgues, „Erreurs et Prejuges". – Jean Filatre, „Hypnotisme et magnetisme", S. 348 – und noch bei verschiedenen anderen Autoren.
65) Selbst einzelne Gelehrte teilen diese Meinung. Der große Cuvoer spricht von dem narkotisierenden Einfluß des Schlangenblickes", Wallace kennt „optische Einflüsse, dem Hypnotismus vergleichbar", und eine ähnliche Ansicht hat der größte amerikanische Ornithologe Audubon.

66) In deutscher Übersetzung erschienen im Verlag von Julius Hoffmann in Stuttgart.
67) Im „Archiv für rationelle Therapie" 1909, Nr. 10, ist nach der Deutsch-Südwestafrikanischen Zeitung" eine Mitteilung Otjimbingwe abgedruckt, die von einer Schlangenart berichtet, welche Tiere und Menschen durch ihren giftigen; nach Aas riechenden Hauch lähmt.
68) Faust II. 1. Aufzug. Szene: „Hell erleuchtete Säle."
69) Die Macht des Teufels und der Zauberer war den Ärzten eine Entschuldigung gegen den Vorwurf der Unfähigkeit. Johannes Weier, Leibarzt des Herzogs Wilhelm Cleve, schreibt in seinem 1563 herausgegebenen „De praestigiis daemonum", daß die ungelehrten Schlüngel in der Medicin und Chirurgie unwissenheit und Fehler dem verzäubern oder veruntreuen und den Heiligen zuschreiben". (II. 18.)
70) „Initiation", aug. 1910, S. 150.
71) Beispielshalber sei nur die sogen. „Taubenkur" gegen Kinderkrämpfe erwähnt, worüber der berühmte Arzt Kußmaul in seinen Erinnerungen berichtet und welche er als der Prüfung durchaus wert bezeichnet hat. In Mecklenburg werden Hunde zur Heilung von Rheumatismus gebraucht, indem man beim Schlafen den Hund auf das schmerzende Glied legt. Solche „Gichthunde" sind steuerfrei. (Arch. F. rat. Therapie. 1909, Okt. S. 160.) Tiere, besonders die Hunde sollen eine feine Witterung für Krankheitsemanationen besitzen, besonders wenn dieselben lebensgefährlicher Art sind. Vergl. „Krankheitsgeruch und Hundenase". Zentralbl. F. Okkult. April 1914. S. 544.
72) Bis vor kurzem wurde in der Medizin bei Krebsgeschwüren und besonders bei Uteruskrebs eine Mischung von: Ac. Cyanhydr. Medic. 5-10 Gr. Lattichwasser 1000 Gr. verwendet, in welcher hauptsächlich die Cyanwasserstoffsäure wirksam war. Wie im Vorhergehenden erwähnt, konnte auch im Krötengift die Anwe-

senheit eines Cyanderivates nachgewiesen werden, so daß die Wirksamkeit des empirischen Volksmittels nicht völlig unwahrscheinlich erscheint, da dessen Agens von demjenigen des nach wissenschaftlichen Grundsätzen hergestellten Präparates wesentlich nicht verschieden ist.

73) Collin de Plancy, Dictionaire Infernal.
74) Prof. Otto Stoll, Suggestion und Hypnotismus in der Völkerpsychologie.
75) „Initiation", Aug. 1910. S. 150-51.
76) In letzter Richtung sind besonders die zahlreichen Arbeiten des Amtsrichters Dr. Albert Hellwig (Berlin-Friedenau) zu nennen, der auch dieses Spezialgebiet in dem bekannten Groß'schen Archiv bearbeitet hat.

Esoterischer Verlag Paul Hartmann

Frater Devachan
Kontakte zu Naturgeistern
80 Seiten – 7 Abb. – ISBN 3-932928-09-1 – DM 24,80

Aus den Archiven magischer Geheimlogen über die Anrufung der Naturgeister. Aus dem Inhalt: Die Anrufung der Baumdruse - Beschwörung von Erdwesen und Gnomen - Die Evokation des Naturgottes Pan - Die magische Bildung von Gedankenwesen – Elfenhochzeit - Die Evolution der Zwischenwesen - Magisches- Licht- und Beschwörungsritual uva.

Karl Brandler-Pracht
Lehrbuch zur Entwicklung der okkulten Kräfte
304 Seiten – ISBN 3-932928-04-0 – DM 29,80

Handbuch der weißen Magie zur Entfaltung magischer Fähigkeiten. Aus dem Inhalt: Die Gedankenbeherrschung - Die Wunschkraft – Selbsterkenntnis und Befreiung – Hellsehen und Hellhören - Die höhere Atemtechnik - Gedankenübertragung - Die heilmagnetische Kraft – Die Tattwas - Die höheren magischen Fähigkeiten - Die Macht des Reinen uva.

Frater Johannes
Praktische Vorbereitungen zur Magie
96 Seiten – 11 Abb. – ISBN 3-932928-07-5 – DM 24,80

Techniken und Vorübungen zu einer erfolgreichen magischen Praxis. Inhalt: Magie der Persönlichkeit - Konzentration aller Kräfte - Vergeistigter Atem und Kraftatem – Odaufnahme - Sonnen-Prana-Aufnahme – Die Entwicklung der Chakras – Die Praxis der Baumübung - Umpolung der Sexualkräfte – Verstärkung der Aura - Reinigung und Schutz der Aura - Der magische Odmantel - Vokal-Ton-Übungen uva.

Papa Shanga
Praxis der Voodoo-Magie
160 Seiten – 47 Abb. – ISBN 3-932928-00-8 – DM 39,-

Die praktische Magie des Voodoo. Inhalt: Das Anfertigen eines magischen Zeigers - Voodoo-Puppenmagie - Liebeszauber - Das Ouanga – Schutzzauber - Die Loa-Petro - Das Abwenden eines Fluchs - Arbeiten mit Gads - Das Wanga - Knotenmagie - Das Cauquemere - Flüche versenden – Wurzelzauber – Der Aufbau eines Veves – Die Erschaffung eines eigenen Loa – Das große Ritual der Voodoo-Puppenmagie – Zombifizierung uva.

Det Morson
Das große Buch der Liebeszauber
128 Seiten - 21 Abb. - ISBN 3-9802704-6-7 - DM 29,80

Große Anzahl besonders wirksamer magischer Liebes- und Hexenzauber. Aus dem Inhalt: Liebeszauber - Liebeskräuter - Aphrodisiaka - Die Herstellung von Liebestränken - Erotische Parfüms – Puppenzauber - Baumzauber - Wurzelzauber - Zauberpraktiken des Mittelalters - Alraunenzauber - Nestelknüpfen - Magische Quadrate – Liebestalismane - Liebespulver - Liebessigille – Das Lösen der Liebeszauber uva.

Det Morson
Praxis der weißen und schwarzen Magie
407 Seiten - 17 Abb. - ISBN 3-9802704-0-8 - DM 48,-

Dieses Buch ist eine Fundgrube des esoterischen Wissens und der magischen Praxis. Der Autor zeigt, wie man seine magischen Kräfte systematisch entwickelt und gezielt einsetzt. Inhalt: Vom Sinn des Seins - Die Astralebene - Der Hüter der Schwelle - Die Kraft der Mantren - Die Magie des Wassers - Runenmagie - Spiegelmagie – Pendelmagie – Die Praxis der spiritistischen Sitzung - Magie der Edelsteine - Die Magie der Glyphen – Pentagramm-Magie – Liebeszauber – Schwarze Magie uva.

Fra. Johannes
Magische Beeinflussung
32 Seiten - ISBN 3-9802704-2-4 - DM 12,80

Die magische Umpolung der Odzentren im Körper des Menschen ist eine der Hauptvoraussetzung für eine erfolgreiche eigene magische Praxis. Der zweite Teil über die magische Fernbeeinflussung des Menschen durch Tepaphone zählt zu den interessantesten Gebieten der Magie. Die unheimlichen Tepaphone von Franz Bardon, Dr. Klingsor und Gregor A. Gregorius werden hier praktisch beschrieben.

Fra. Devachan
Adonismus – Die uralte Geheimlehre
64 Seiten - ISBN 3-932928-08-3 - DM 19,80

Der Adonismus ist eine der ältesten Geheimlehren der Menschheit. Heute kündigt sich eine Renaissance dieses magischen Wissens an. Aus dem Inhalt: Der Adonismus als Baalskult – Der Orden Mentalistischer Bauherren – Die Geheimlehre des Adonis-Kultes – Auszüge aus dem Adeptenbuch von Dr. Musallam.

Frater Widar
Magie und Praxis des Hexentums
128 Seiten - 24 Abb. - ISBN 3-9802704-5-9 - DM 36,-

Der Autor, ein hoher Eingeweihter des angelsächsischen Wicca-Kultes, zeigt die Praxis der modernen Hexenmagie und lehrt den weißmagischen Weg zur Anrufung der alten Hexen-Götter. Inhalt: Die magischen Werkzeuge - Der magische Hexenkreis - Die Anrufung der alten Götter – Magische Fernbeeinflussung – Die Magie der Wachspuppen - Magische Hexensiegel – Praxis der Spiegelmagie – Praxis der Elementalmagie uva.

Frater Widar
So lernen Sie hexen
Großformat - Leinen – 66 Abb. - ISBN 3-9802704-4-0 - DM 169,-

In diesem praktischen Lehrkursus der Wicca-Magie zeigt Frater Widar, der hohe Eingeweihte der angelsächsischen Hexen, Schritt für Schritt die Anwendung einer uralten Hexenmagie in unserer heutigen Zeit. Inhalt: Die Erweckung magischer Fähigkeiten - Das Geheimnis erfolgreicher Hexenkunst - Abwehr schwarzmagischer Angriffe - Praktische Ritualmagie - Die Erforschung höherer Welten - Die Praxis geheimer Hexen-Riten uva.

Baron M. Du Potet
Die entschleierte Magie
96 Seiten – 19 Abb. - ISBN 3-932928-01-6 - DM 29,80

„Die entschleierte Magie" von Baron Potet war seit Jahrzehnten vergriffen und zählte zu den gesuchtesten antiquarischen Werken über Magie. Endlich liegt dieses maßgebliche Buch in neuer Bearbeitung und als preiswerte Ausgabe wieder vor. „Die entschleierte Magie" bietet dem Praktiker der Magie bisher unbekannte und außergewöhnliche Anleitungen und Experimente zur praktischen Magie und zum Magnetismus.

E. Sychova
Die Entwicklung des Willens zur höchsten Macht
32 Seiten - ISBN 3-932928-02-4 - DM 12,80

Der Autor stellt hier Techniken vor, mit denen man in der Lage ist, die Gedankenwelt zu beherrschen. Erst durch Kontrolle der eigenen Vorstellungen und Wünsche kann man sich manipulierenden Einflüssen und Fremdbestimmung entziehen.

Para Maya – *Die Macht der Spiegel*
104 Seiten - 9 Abb. - ISBN 3-9802704-3-2 - DM 29,80

Das Spiegel geheimnisvolle Kräfte besitzen ist von alters her bekannt. Spiegel dienten zur Konzentration und Meditation, zum Hellsehen, zur Heilbehandlung sowie zur Beeinflussung anderer Personen. Dieses Buch zeigt die unergründlichen Kräfte der Spiegel und ihre praktische Anwendung. Aus dem Inhalt: Divinationsspiegel - Der Magische Spiegel – Die Heilkunst der Spiegel – Die Spiegelwelt – Spiegelzauber uva.

Josef Dürr
Dämono-Magie
80 Seiten – 6 Abb. - ISBN 3-932928-10-5 - DM 24,80

Experimental-Dämonologie. Die Theorie und Praxis der Dämonenmagie. Ein Klassiker der magischen Literatur. Aus dem Inhalt: Die Praxis der Dämonen-Anrufung – Höllenzwang nach der „Clavicula" – Der schwarze Spiegel – Der Dämon des eigenen Ich – Beschwörung mit den Mosis und Faustbüchern – Dämonenzwang – Die Materialisation der dunklen Erscheinung – Dämonenzwang - Beschwörung um Mitternacht uva.

Hans Possendorf - *Der Fluch*
96 Seiten – 4 Abb. - ISBN 3-932928-03-2 - DM 22,80

Die gefährliche Reise dreier Männer in ein verborgenes Tal in Tibet um die Jahrhundertwende. Hier treffen sie auf den unheimlichen Schwarzmagier Gur-Kala und werden Zeuge eines geheimen Rituals. Zum Tode verflucht und mit dem heimtückischen Gift Töck-töck geimpft, haben sie noch eine Frist von drei Jahren. Ein spannender Einweihungsroman, der auf Tatsachen beruht und Ihr Bewußtsein erweitern wird.

Kurt Krause
Teuflisches Treiben
66 Seiten - Großformat - ISBN 3-932928-06-7 - DM 49,80

Bettlektüre für alle Hexen und Zauberer im C.O.S. und solche die es werden wollen. Satanische Magie und Hexentum vom bekannten Magier und Leiter der magischen Gruppe in Stuttgart. Aus dem Inhalt: Grundlagen der Hexenkunst - Das Pentagramm einmal anders - Der Pfad zur wahren Magie – Die erste Übung – Einweihung – Das neue Äon – Das Buch des Gesetzes – Meisterschüler der satanischen Magie uva. Limitierte Auflage von 666 handnummerierten Exemplaren.

Rudolf Freiherr von Sebottendorf
Die geheimen Übungen der türkischen Freimaurer

80 Seiten - ISBN 3-932928-12-1 - DM 24,80

Lange Zeit war dieses bedeutende und berüchtigte Buch über die magische Griff- und Lauttechnik nicht mehr erhältlich. Diese Neuauflage enthält zusätzlich zum Originaltext Erläuterungen von Waltharius. Die angegebenen Übungen haben durch ihre Präzision etwas Bestechendes, ja geradezu zur Durchführung Herausforderndes.

P. Hartmann
Macht und Geheimnis der Träume

128 Seiten - ISBN 3-9802704-1-6 - DM 20,-

Das Mysterium des Traumes und die praktische Beeinflussung der Träume. Aus dem Inhalt: Der Traum als Helfer - Wahr- und Warnträume - Alpträume – Der Traum im Traum – Wahr- und Warnträume – Alpträume – Reinkarnationsträume - Spukträume - Praktische Traumbeeinflussung – Das Lösen von Problemen im Schlaf - Luzides Träumen – Praktische Anleitungen zum astralen Wandern - Die Bedeutung wichtiger Traumsymbole – Mystische Träume uva.

Waltharius
Mystik - Das letzte Geheimnis der Welt

96 Selten - ISBN 3-9802704-8-3 - DM 26,80

Die Bücher und Schriften von Waltharius sind eine Fundstätte des esoterischen und mystischen Wissens und beschreiben klar und präzise die Praxis der esoterischen Einweihung. Mystik – das letzte Geheimnis der Welt zeigt dem ernsthaft suchenden Menschen den Weg zu seinem unsterblichen Selbst. Inhalt: Bedeutende Mystiker - Übungen und Exerzitien, die den feinstofflichen Körper entwicklen – Aufzeichnungen aus einem mystischen Tagebuch uva.

June Jones
König der Hexen

100 Seiten - Esoterischer Verlag - DM 22,80

Alex Sanders wurde 1965 zum „König der Hexen" gewählt, ein Titel, der das letzte Mal im fünfzehnten Jahrhundert von Owain Glyndwr, dem letzten unabhängigen Prinzen von Wales geführt wurde. Das Buch zeigt sein magisches Leben im Bann der Hexenmagie. Im Anhang sind Auszüge aus dem sagenumwobenen **Buch der Schatten** abgedruckt.